(Nᵒ 292)     **COLLECTION DE M. E. COLA, de N**

*Vente du Lundi 21 Avril 1913*

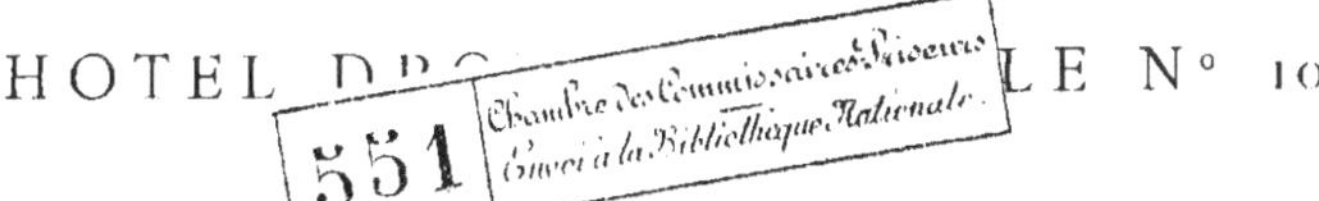

HOTEL DRO...        LE Nᵒ 10

Nᵒ 4 du Catalogue.

# ESTAMPES

DU

## XVIIIᵉ SIÈCLE

Mᵉ HUGUET
Mᵉ ANDRÉ DESVOUGES.                     M. LOYS DELTEIL

**EXPOSITION PUBLIQUE, HOTEL DROUOT, SALLE Nᵒ 10**

*Le Dimanche 20 Avril 1913, de 2 heures à 6 heures*

# CATALOGUE

## DES

# ESTAMPES

## DU

## XVIIIe SIÈCLE

*COMPOSANT LA*

## COLLECTION DE M. E. COLA, DE NANTES

---

*Dont la vente aura lieu*

à Paris, HOTEL DROUOT, Salle N° 10

Le Lundi 21 Avril 1913

*à 2 heures précises*

---

Par le Ministère de Mᵉ ANDRÉ DESVOUGES

COMMISSAIRE-PRISEUR

*26, Rue de la Grange-Batelière*

Assisté de M. LOYS DELTEIL, Graveur et Expert

*2, Rue des Beaux-Arts*

# CONDITIONS DE LA VENTE

Elle sera faite au comptant.

Les adjudicataires paieront *dix pour cent* en sus des enchères.

M. Loys Delteil remplira les commissions que voudront bien lui confier les amateurs ne pouvant y assister.

MM. les Amateurs pourront visiter la collection, 2, *rue des Beaux-Arts*, du Lundi 14 au Samedi 19 Avril 1913, de 2 heures à 5 heures.

Exposition Publique, Hôtel Drouot, Salle N° 10.
*le Dimanche 20 Avril 1913, de 2 heures à 6 heures.*

Nº 18 du Catalogue.

# DÉSIGNATION

### AVELINE (Pierre)

1. Vénus à sa toilette — Bacchus et Ariadne. Deux pi., se faisant pendants. Belles épreuves (piqûres).

### BARNAY (d'après)

2. L'Abandon, par J. P. Levilly. Très belle épreuve, *imp. en couleurs.*

### BENOIST JEUNE (L.)

3. Vénus à sa toilette. De forme ovale. Très belle épreuve, *avant la lettre, imp. en couleurs.*

## BONNET (L. M.)

4. *The Amiable Family — The Amiable Society*. Deux pièces, d'apr. Ramberg, se faisant pendants. Très belles épreuves, *imp. en couleurs* (plis à la 2ᵉ pl.).

## CHARPENTIER (d'après)

5. L'Emplète inutile, par... Belle et rare épreuve, à *l'état d'eau-forte*.

## CIPRIANI (d'après G. B.)

6. L'Amour caressant la Beauté, par R. Girard. Très belle épreuve, *imp. en couleurs*.

## DEMARTEAU (G.)

7. Etude, d'apr. F. Boucher (nº 68). Très belle épreuve *tirée en sanguine*.

7 *bis*. Joueur de Cornemuse, d'apr. Boucher (nº 80). Belle épreuve, *tirée en sanguine*.

8. Enfants, d'apr. F. Boucher (98). Très belle épreuve, *tirée en sanguine*.

9. Les deux petites Bergères, d'apr. Boucher (nº 164). Belle épreuve, *tirée en sanguine*.

10. Sujet, d'après Boucher (nº 165). Très belle épreuve, *tirée en sanguine*.

11. Sujet (le Paysan au pot), d'apr. F. Boucher (nº 167). Très belle épreuve, *tirée en sanguine*.

12. Le Berger endormi, d'apr. F Boucher (200). Très belle épreuve, *tirée en sanguine*.

13. La même estampe. Très belle épreuve, *tirée en bistre*.

14. Pastorale, d'apr. J. B. Huet (nº 213). Belle épreuve, *tirée en sanguine*.

N° 27 du Catalogue.

15. Les Savoyards, d'apr. F. Boucher (n° 291). Belle
épreuve, *tirée en sanguine*.

16. Les Savoyards, d'apr. F. Boucher (n° 292). Très
belle épreuve, *tirée en sanguine*.

17. Etudes, d'après F. Boucher (n° 79, 106 et 293). Trois pièces. Belles épreuves, *tirées en sanguine.*

## ECOLE FRANÇAISE

18. (Le Baiser). Très belle épreuve, sans aucune lettre, *imp. en couleurs,* avec rehauts.

19. Le Marchand de Tisanne et la Laitierre. Belle épreuve, *tirée en sanguine.*

## FRAGONARD (d'après H.)

20. L'Armoire, par Le Campion. Superbe épreuve, *tirée en bistre.*

21. Le Verrou, par Le Campion. Très belle épreuve, *tirée en 2 tons.*

## HUET (d'après J. B.)

22. L'Amour enchaîné par les Grâces, par Bonnet. Superbe épreuve, *imp. en couleurs,* grandes marges.

23. L'Amour offrant des Présents à Ariane — Offrande présentée par l'Amour à la Fidélité. Deux pièces par L. M. Bonnet, se faisant pendants. Très belles épreuves, *imp. en couleurs.*

24. L'Amour prie Vénus, par L. M. Bonnet. Très belle épreuve, *imp. en couleurs.*

25. Thétis écoute Protée, par L. M. Bonnet. Superbe épreuve, *imp. en couleurs,* toute marge.

26. Vénus donnant ses ordres à l'Amour, par Bonnet. Superbe épreuve, *imp. en couleurs.*

27. L'Espoir Heureux — La Bergère Satisfaite. Deux pièces, par L. M. Bonnet, se faisant pendants. Très belles épreuves, *impr. en couleurs.*

N° 33 du Catalogue.

28. L'Heureux Chat, par L. M. Bonnet. Superbe épreuve, *imp. en couleurs* (pli).

29. La Laitière, par Demarteau (n° 407). Belle épreuve, tirée en 3 tons (doublée).

### JANINET (J. F.)

30. Les Trois Grâces, d'apr. Pellegrini. Très belle épreuve, *avant la lettre* et *avant la guirlande, imp. en couleurs.*

31. L'Aimable Paysane, d'après Saint-Quentin. Belle épreuve, *imp. en couleurs* (épidermures).

### LANCRET (d'ap. N.)

32. *Quoy, n'avoir pour vous trois...*, par M. Horthemels (67). Très belle et très rare épreuve, d'un 1ᵉʳ état *non décrit, à l'eau forte pure.*

### LAVREINCE (d'après N.)

33. Les Grâces Parisiennes au Bois de Vincennes, par J. B. Chapuy (50) Superbe épreuve, *imp. en couleurs* (sans marge, très légère cassure).

### PARROCEL (d'après) ?

34. Le Dîner au camp. Belle épreuve (recto et verso), à *l'état d'eau forte.*

### SAINT-AUBIN (d'après Gabriel de)

35. Frère Luce, 1767. Très belle et fort rare épreuve à *l'état d'eau-forte pure.*

### WATTEAU (d'après Ant.)

36. Départ pour les Isles, par Dupin (23). Belle épreuve.

N° 47 du Catalogue.

Nº 50 du Catalogue.

37. Les Amusements de Cythère, par L. Surugue (35).
Très belle épreuve *avec* les 2 adresses (légère
cassure, piqûre).

38. Diane au Bain, par P. Aveline (36). Très belle
épreuve (piqûres).

39. Détachement faisant alte, par Cochin (51). Belle
épreuve.

40. Les Délassements de la Guerre, par Crepy fils (55).
Belle épreuve.

41. Alte, par J. Moyreau (57). Très belle épreuve (piqûres).

42. L'Amour au Théâtre François — L'Amour au
Théâtre Italien, 2 pl. par C. N. Cochin, se faisant
pendants (64 et 69). Belles épreuves (la 2ᵉ doublée).

43. Belle n'écoutez rien... — Pour garder l'honneur
d'une belle (76-77). Deux pièces par Cochin, se
faisant pendants. Belles épreuves.

44. L'Occupation selon l'Age, par Dupuis (92). Belle
épreuve (piqûres).

45. Amusements champêtres, par B. Audran (104). Très
belle épreuve (piquée).

46. Assemblée galante, par Le Bas (108). Très belle
épreuve (légèrement jaunie, piqûres),

47. Le Bosquet de Vénus (113). Très belle épreuve du
1ᵉʳ état, *avant* les mots : *du Cabinet...* etc. (piqûres).

48. Les Champs-Elysées, par N. Tardieu (116). Très
belle épreuve à grandes marges (piqûres).

49. La Contredanse, par G. Brion (122). Très belle
épreuve (piqûres, petite épidermure).

50. La Conversation, par J. M. Liotard (123). Très belle
épreuve (marges un peu salies).

51. L'Emploi du Bel Age, par Aveline (129). Belle
épreuve. Rare (petite cassure).

52. Les Jaloux, par G. Scotin (142). Très belle épreuve.

53. Pierrot content, par Jeaurat (153). Très belle épreuve (piqûres).

54. Rendez-vous de chasse, par M. Aubert (164). Très belle épreuve.

55. La Surprise, par B. Audran (167). Belle épreuve.

56. Le Colin-Maillard, par E. Brion (187). Belle épreuve (piqûres).

57. L'Indiscret, par M. Aubert (89). Très belle épreuve (piqûres).

58. Deux Amants causant, feuille de paravent, par L. Crespy fils (314). Contre-épreuve.

59. Les Patins, par Du Bosc. Très belle épreuve Rare.

### WILLE (J. G.)

60. La Devideuse (61 — 2ᵉ état sur 3) — La Lieuse (62 — 2ᵉ état sur 3). Deux pièces d'apr. G. Dow, formant pendants.

### WILLE FILS (d'après P. A.)

61. La Mère contente — La Mère mécontente. Deux par P. C. Ingouf, se faisant pendants. Belles épreuves, *avant toute lettre*.

62. La Mère contente, par P. C. Ingouf. Très belle épreuve.